SERREFESSE.

Tiré à 140 exemplaires numérotés :

110 petit in-8°, papier vergé.
20 grand in-8°, papier vergé, avec double figure.
10 grand in-8°, papier de chine, avec double fig., tirage
en rouge et en noir.

N° 132

SERREFESSE

TRAGEDIE-PARODIE

PAR

LOUIS PINE-A-L'ENVERS

Membre du Caveau

MAIS

Avoué près la Cour impériale de Paris

Avec un frontispice fangeux, dessiné et gravé

PAR

E. P. G. M.

PARTOUT ET NULLE PART.

L'AN DE JOIE MLCCCLXIV.

A MON AMI

BANDEGUERE.

LOUIS P.

SERREFESSE (*)

(*) Pour toutes les expressions un peu *libres* et *d'argot* dont cette parodie célèbre est émaillée, consulter le DICTIONNAIRE EROTIQUE MODERNE, par *un professeur de langue verte*, et ETUDES DE PHILOLOGIE COMPARÉE, par Francisque Michel.

PERSONNAGES.

PINCECUL, maquereau et voleur.
VAFAIRE, surnommé depuis HACHIELA.
COUILLARDIN, maître vidangeur.
CRUCHE.
VEROLIN, père de Serrefesse.
UN MARCHAND DE CAPOTES.
PINOLIE, femme de Cruche et putain.
LA NOURRICE DE SERREFESSE.
LA MAURICAUDE.
SERREFESSE.
VIDANGEURS, PUTAINS ET CROQUEMORTS.

La scène se passe à Rome, en l'an 100.

SERREFESSE.

TRAGEDIE-PARODIE.

ACTE PREMIER.

Le théâtre représente la chambre de Serrefesse; elle est mansardée.
A gauche, en entrant, un poële dont le tuyau traverse toute la pièce
et sort par un des carreaux de la fenêtre. Ameublement très-simple.
Dans le fond, à droite, une grande pendule en bois.

SCENE PREMIERE.

SERREFESSE, SA NOURRICE, LA MAURICAUDE.

(Elles sont toutes trois dans un grand négligé, en camisole de nuit.)

SERREFESSE.

Il fait nuit, Mauricaude; allume la chandelle,
Et va dans la cuisine achever la vaisselle.

(La Mauricaude sort; la nourrice et Serrefesse tricotent.)

1

SCENE DEUXIEME.

LES MEMES, puis PINCECUL, COUILLARDIN, CRUCHE,
TROIS VIDANGEURS.

(Moment de silence pendant lequel ils regardent travailler Serrefesse.)

PINCECUL.

(Entrant.)

A Serrefesse honneur! Couillardin a vaincu,
Et lui seul, parmi vous, messieurs, n'est pas cocu...
(A part.)
Dieux! la belle putain!...

COUILLARDIN.

Ma visite, peut-être,
T'étonne infiniment ; mais tu vas en connaître
Bientôt le vrai motif...

SERREFESSE.

Couillardin, quel qu'il soit,
Je me sens toute prête à le bénir, s'il doit,
Je n'ose l'espérer, être l'heureuse cause
Qui te fasse coucher ici...

PINCECUL.

Voici la chose :
Tous six au tapis-franc nous étions réunis,
Chez le père Vidur, ogre de mes amis,
Zig qui ne mange pas ses pratiques sur l'orgue ;
Nous étions venus là nous refaire de sorgue.
Deux croûtons de lartif, avec un arlequin
Des plus chouettes, faisaient le menu du festin.
L'avaloir travaillait, on jouait des fourchettes,
Surtout on pitanchait : plus de douze cholèttes
D'un petit tortu blanc des plus délicieux,
Étaient vides déjà ; nous bûmes alors deux

Ou trois litres d'eau d'af, et, quoiqu'ils l'aient tous bonne,
Tout cela leur tapait bougrement la sorbonne.
Nous étions bien pochards. Alors, tout en bourrant
De tréfoin sa chiffarde, et tout en la fumant,
Chacun de nous se mit à causer de sa largue ;
Chacun, bien entendu, de la sienne se targue :
L'un vante ses tétons, l'autre vante son cul,
Mais aucun d'eux, aucun ! ne veut être cocu...
          (Avec fatuité.)
Je savais le contraire... Aussi, je leur propose
Par eux-mêmes d'aller vérifier la chose.
Étant tous vidangeurs, ainsi que Couillardin,
Et ne devant rentrer chez eux que le matin,
Leurs largues sont ainsi bien loin de les attendre,
Et, plus facilement, ils pourront les surprendre.
Mon projet leur sourit... On finit de licher
Ce qui pouvait rester encore à pitancher,
Et l'on se met en route... Hélas ! par cette épreuve
Qui leur fut bien fatale, ils acquirent la preuve,

A n'en pouvoir douter, que lèur malheureux front
D'un très-beau bois de cerf avait subi l'affront :
L'une pompait le nœud d'un séduisant trompette ;
Celle-ci, d'un tambour astiquait la baguette ;
A l'épicier du coin l'autre prêtant son con,
Pour le faire jouir lui faisait postillon ;
Celle-là, sur un lit nonchalamment couchée,
Par un vieux cupidon était gamahuchée...
Mais Serrefesse, vous, en tricotant des bas,
Vous prouvez que lui seul, Couillardin, ne l'est pas.

COUILLARDIN.

J'ai gagné le pari...

PINCECUL.

Quant à Cruche, la chose
Ne l'intéressait pas...
        (*A Serrefesse.*)
                Vous en savez la cause ?...

SERREFESSE.

Du tout.

PINCECUL.

Il est castrat, et sa femme putain :
De son affaire il est parfaitement certain...
Cependant avec nous il a fait la tournée.

CRUCHE.

Je ne regrette pas l'emploi de ma journée :
Ça fait toujours plaisir, lorsque l'on est cornard,
D'avoir des compagnons d'infortune...

COUILLARDIN.
(Regardant la pendule.)

Il est tard;
Avant de nous quitter vidons une chopine.

PINCECUL.

Je vais porter un toast à ton heureuse pine !

(Ils sortent tous, excepté Cruche.)

SCENE TROISIEME.

SERREFESSE, CRUCHE.

CRUCHE.

Je n'y puis plus tenir, Serrefesse, à la fin !
Je vais tout t'avouer... Tiens, donne-moi ta main...
(Il lui met la main sur son membre.)

SERREFESSE.
(Avec un enthousiasme qu'elle ne peut réprimer.)

Cré nom ! tu bandes, Cruche, et fameusement raide !
Tu n'es donc pas châtré ?...

CRUCHE.

Non... Ce secret m'obsède ;

C'est un poids sur mon cœur : je veux m'en soulager.

Je subis des affronts, mais c'est pour m'en venger ;

Écoute... Pincecul m'a fait plus d'une injure...

Son père, sur mon nom jetant la flétrissure,

Avait baisé ma mère... Et puis encor je sais

Que de mon père il s'est un jour débarrassé

Par un coup de surin... Depuis, de Pinolie,

Ma femme, Pincecul a fait une rouchie !...

Moi, j'ai, pour me venger de tous ces attentats,

Fait croire que j'étais au nombre des castrats.

Je fus on ne peut mieux servi par cette idée...

Plus tard tu sauras tout... Sois bien persuadée

Seulement, aujourd'hui, que ce n'est qu'un moyen

Pour aider ma vengeance, oui, mais qu'il n'en est rien...

(*Il se déboutonne.*)

Regarde, Serrefesse, et deviens par la vue,

Même par le toucher, tout-à-fait convaincue !...

2

SERREFESSE.

(Avec une admiration mêlée de douce pitié.)

Ton vit est magnifique... et tu dois bien souffrir
De ne jamais baiser... J'entends quelqu'un venir...
Rengaîne ton objet...

(Cruche se reboutonne.)

SCENE QUATRIEME.

LES MEMES, puis PINCECUL, COUILLARDIN,
VIDANGEURS.

COUILLARDIN.

Serrefesse, il me semble,
Qu'au lieu de demeurer ainsi tous deux ensemble,
Il conviendrait bien mieux de nous faire à souper.
Nous éprouvons encor le besoin de gouâper,
Car chez tous ces messieurs les courses par nous faites
Ont rouvert l'appétit... Tire-nous six cholettes,
Et puis fricasse-nous une omelette au lard :
Je prétends que d'ici chacun sorte pochard.

ACTE DEUXIEME.

Le théâtre représente un salon de bordel très-élégamment meublé. Sur la cheminée, pendule en bronze représentant un satyre enculant une chèvre. Tableaux et dessins polissons; sopha, fauteuil à la Voltaire.

SCENE PREMIERE.

CRUCHE.

(Seul, dans un fauteuil. Il est plongé dans la contemplation de son vit.)

Ma pine n'est pas mal...

(Il se reboutonne. Après un moment de silence, il continue :)

La tireuse de carte
Que, l'automne dernier, j'ai consultée à Sparte,

M'a dit, et cependant ne me connaissait pas,

Qu'aux maquereaux le nom que l'on donne aux castrats

Serait fatal... Ce nom est celui dont à Rome,

En me riant au nez, même un enfant me nomme...

(Nouveau silence, nouveau déboutonnage, nouvelle contemplation
de son vit, nouveau reboutonnement ; puis avec éclat :)

Bordel ! de Pincecul je te délivrerai,

Et je glorifierai mon surnom de châtré !...

(Avec mélancolie.)

Oui ! mais en attendant que ce jour-là me luise,

Ma pine bien souvent soulève ma chemise...

Dans la nuit il me prend des rages de baiser...

Je sais mieux aujourd'hui, pourtant, les maîtriser :

D'un air indifférent je patine et pelote,

Et je puis sans bander regarder une motte...

Mais c'est égal, je souffre, et du mal qu'ils me font

Je me vengerai bien !...

SCENE DEUXIEME.

CRUCHE, VAFAIRE.

VAFAIRE.

Toutes les putains sont,
Comme je le pensais, pour nous bien disposées :
Elles ne veulent plus, même les plus baisées,
Du vit de Pincecul dépendre désormais,
Et font des vœux pour voir réussir nos projets.
Il faut agir !...

CRUCHE.

Non pas, il faut encore attendre.

VAFAIRE.

Est-ce Cruche qui parle, et que viens-je d'entendre ?...

CRUCHE.

Je souffre plus que vous, ami, de ce retard,
(*Montrant qu'il bande :*)
Il suffit pour cela de voir mon braquemard...
Mais avec Pincecul qui veux-tu qui se batte ?
Aussi bien que Lecourt il connaît la savate :
On n'y gagnerait rien que quelque bon horion.
Il faut le surveiller, chercher l'occasion,
Réunir nos amis, et, si quelqu'aventure
Des mécontentements vient combler la mesure,
Lui tomber sur le poil, en masse, et l'estourbir !...
Mais à le renverser si l'on peut parvenir,
Quelle pine pourra le remplacer ?...

VAFAIRE.

La tienne.

CRUCHE.

Mais crois-tu qu'elle soit si grosse que la sienne ?

VAFAIRE.

Cruche, je la connais, et je suis bien certain
Qu'elle saura charmer le con d'une putain.

CRUCHE.

Vafaire, sais-tu bien que ce n'est pas facile
De conduire un bordel? qu'il est surtout utile
De se faire toujours bien venir des putains?...

VAFAIRE.

Voudrais-tu mettre ici la puissance en leurs mains.

CRUCHE.

Non pas! de gouverner c'est la pire manière;
Je ne suis point, ayant travaillé la matière,
Des bordels à moitié devenu partisan :
Mon système est tout autre...

VAFAIRE.

Eh bien ! voyons ton plan.

CRUCHE.

J'ai déjà visité tous les bordels de Rome.

Chacun me regardant comme étant moins qu'un homme,

Riant de mon état, et me croyant châtré,

Sans rien payer pour ça, dans tous j'ai pénétré.

La Saint-Léon n'a pas de maquereaux chez elle,

Et toute la puissance est à la maquerelle.

La Saint-Victor a pris un système opposé,

Et croit que son bordel en est moins exposé,

Parce que, suivant elle, elle a pour le défendre,

Plus de vingt maquereaux qui ne peuvent s'entendre.

Tous ces systèmes-là sont mauvais à mes yeux.

Celui de la Delille est encore le mieux.

Je n'y veux rien changer, rien qu'une seule chose :

C'est Pincecul. Du mal il est toute la cause,

Et, dans ce lupanar, si toutes les putains
Ont, à l'heure qu'il est, soit chancres, soit poulains,
C'est à lui qu'on le doit, car sa pine engorgée
De mille maux affreux est constamment rongée.
Sans tarder davantage, il serait bon d'abord
Qu'on les fît visiter et soigner par Ricord;
Mais quand on aura mis dehors les plus pourries,
Quand les autres seront totalement guéries,
Pour empêcher le mal d'y revenir loger,
Pour mettre les putains à l'abri du danger
Et pouvoir sans péril accepter toute pine,
Il n'est qu'un seul moyen...

VAFAIRE.

Lequel?...

CRUCHE.

Le pare-à-pine.

VAFAIRE.

Parent-Duchâtelet recevrait des leçons
De toi...

CRUCHE.

L'on vient! Va-t-en, de crainte des soupçons.

(*Vafaire sort.*)

SCENE TROISIEME.

CRUCHE, PINCECUL, PINOLIE.

PINCECUL.

Tu penses que je veux te blaguer, Pinolie?
Eh bien! je m'en rapporte à Cruche : je parie
Que, bien qu'il soit castrat et qu'il ne bande pas,
De Serrefesse il a reluqué les appas!...

PINOLIE.

Ce sera du gentil quand un jour, dans l'histoire,
Nos petits-fils liront les hauts faits et la gloire
Du grinche Pincecul, devenant amoureux
D'une largue qu'il vit tricoter des bas bleus !

PINCECUL.

(Vexé, avec ironie.)

Oui, sans doute, il vaut mieux, du premier vit qui bande
Recevoir dans son con le foutre comme offrande ;
Pouvoir dire, de suite et du premier regard,
Dans quelle culotte est le plus gros braquemard ;
De l'extrait de saturne en sachant faire usage
Revendre aux innocents vingt fois son pucelage ;
En baisant, à propos donner un coup de cul ;
D'une pine molasse et qui ne bande plus
Savoir par quel moyen on ranime la couille
Et dans quelle partie il faut qu'on la chatouille ;
D'un vieux, qui paye bien, brauler, sucer le vit,
Et lui persuader qu'avec lui l'on jouit !...
Dans aucun lupanar je n'ai vu de rouchie
Qui, dans de tels talents, t'égalât, Pinolie !...

PINOLIE.

Cependant, bien souvent je t'entendis parler
Autrement... Tu venais un soir de m'enculer,
Et me disais alors que, pour pouvoir te plaire,
Une femme devait et dire et savoir faire
Toutes les saletés et toutes les horreurs!...
Que cela ranimait le chibre des pineurs!...
Que de fois, Pincecul, après m'avoir foutue,
Voulant me foutre encor, tu me mis toute nue,
En t'y mettant aussi!... Si tu dis autrement,
Serrefesse aurait donc causé ce changement?...
Ah! tu veux la baiser!...

PINCECUL.

Possible...

PINOLIE.

Eh bien! canaille!
Va donc la retrouver, et que cette volaille

C'est mon plus cher désir, cède à ta passion !
Qu'elle se laisse foutre, et, de son sale con,
Qu'elle verra bientôt tomber en pourriture,
Le clitoris rongé deviendra la pâture
De tous les maux connus, dont ton ignoble vit
Est depuis si longtemps et la source et le nid !...
Va donc empoisonner ta nouvelle guenuche !
Je ne t'arrête plus...

PINCECUL.

Tu me fais chier... Cruche,
Chez le marchand de vin allons boire un canon...

CRUCHE.

Quand on m'offre cela, je ne dis jamais non.

(*Cruche et Pincecul sortent.*)

SCENE QUATRIEME.

PINOLIE, puis UNE PUTAIN.

LA PUTAIN.

Pinolie, allons donc! la soupe est sur la table.

PINOLIÉ.

J'y vais!... Ah! mon malheur n'est que trop véritable!...

ACTE TROISIEME.

Le théâtre représente une salle de cabaret. Une rangée de tables de chaque côté, avec des bouteilles, des verres; bancs, chaises, etc.

———

SCENE PREMIERE.

PINCECUL, fumant une pipe, puis UN FACTEUR.

LE FACTEUR.
(Lui donnant une lettre.)

C'est huit sous...

PINCECUL.

Les voilà...

(*Le facteur sort.*)

PINCECUL,

Tiens, tiens! c'est de mon père :
Voyons ce qu'il me veut...

(*Il ouvre la lettre :*)

C'est bien une autre affaire!
Ce Vidocq des grincheurs, depuis qu'il se fait vieux,
Comme une couille molle a peur des curieux ;
Il craint de se trahir et de se compromettre
Si comme tout le monde il fabrique une lettre :
Voilà donc maintenant qu'en chiffres il m'écrit.
Tâchons de déchiffrer, et voyons ce qu'il dit...
Je le reconnais là : s'il prend une badine,
Et coupe en souriant la tête d'une pine,
Cela nous avertit que flâne en ce quartier
Un raille dont il faut d'abord se méfier,

Sauf, quand l'occasion se présentera belle,

De l'escarper, la nuit, au fond d'une ruelle.

(Après avoir lu.)

Il craint qu'au lupanar, jaloux de nos succès,

Un autre maquereau ne se procure accès,

N'ourdisse contre nous quelque complot atroce,

Ne présente aux putains une pine plus grosse

Encore que la nôtre, et, de même qu'il fit

A Pincecul l'ancien, ne nous châtre le vit...

Toujours la même crainte et les mêmes idées !

Comme elles ne sont pas le moindrement fondées,

Ne nous tourmentons pas ; c'est vraiment tout au plus

Si cette lettre est bonne à faire un torche-cul !

(Il la froisse avec dédain; puis, se promenant rêveur :)

Un souvenir fatal me poursuit et m'oppresse...

Toujours à mon regard apparaît Serrefesse,

Et, si je veux baiser, je ne bande, à présent,

Qu'en pensant en moi-même à son cul séduisant...

Que cette garce-là doit être belle, nue !

Sa gorge est dure et blanche et sa fesse charnue !...
Que je serais heureux de la gamahucher !
De fourrer dans son cul ma langue ! de lécher
L'entre-doigt de ses pieds ! son nombril ! son aisselle !

(Après un moment de silence :)

Tout effort serait vain pour me détacher d'elle...
Il faut que je la baise, et cela sans tarder !
Tiens ! rien que d'y penser, cela me fait bander !...

(Il se déboutonne vivement et se branle avec énergie ; puis, quand
il a déchargé, il reprend, en s'astiquant de nouveau :)

On croirait que cela doit assouvir ma rage
Et que ma pine va maintenant être sage.
Eh bien ! non, ça ne sert qu'à rallumer mes feux,
A me faire bander plus raide... Je la veux !
Je l'aurai !... Je suis né d'un viol, comme mon père...
Qui donc me blâmerait, quand on me verra faire,
Si le foutre sorti du vit d'un maquereau
Se signalait en moi par un viol nouveau ?...

(D'un violent revers de main, il rejette sa pine dans son pantalon.)

SCENE DEUXIEME.

PINCECUL, PINOLIE.

PINOLIE.

Pincecul !...

PINCEÇUL.

(*Sortant de se rêverie amoureuse.*)

Qui m'appelle? Ah! c'est toi, Pinolie...
Tu n'es pas cependant à ton jour de sortie...
Lorsque tu vas rentrer, ton abbesse en courroux
Te recevra bien mal et te foutra des coups...

PINOLIE.

Je ne viens pas ici pour entendre tes blagues...
J'ai l'esprit agité par mille terreurs vagues...

(Elle lui prend les couilles et les patine un instant; mais s'aper-
cevant que ce pelotage ne produit aucun effet, elle retire sa main,
et avec amertume :)

Je te touche... et cela ne te fait pas bander!
Animal!... Aussi bien, je viens te demander
Si tu m'aimes encore, ou si tu m'as laissée?
Montre-moi franchement le fond de ta pensée.
Il est temps aujourd'hui que je connaisse enfin
Quel est le maquereau dont je suis la putain!

PINCECUL.

Soit! j'y consens... Ecoute, et jamais tes oreilles
N'en auront, Pinolie, entendu de pareilles...
Mon père est maquereau, ma mère était vezon;
Moi, j'ai reçu le jour sous le toit d'un boxon...
Dès que j'ai pu bander, si j'ai tout fait pour être
Moi-même maquereau, c'est pour régner en maître
Sur toutes les putains qui sont au lupanar;
C'est pour les atteler toutes ensemble au char

De ma vie, et, conduit par ces belles cavales,

Voir mes jours se changer en longues saturnales. .

Je ne me pique pas du tout d'être galant :

Le meilleur madrigal est un vit bien bandant.

La femme n'est pour moi, d'ailleurs, qu'un pot de chambre

Où j'aime à dégorger la liqueur de mon membre.

Je me livre sans crainte à toute saleté

Qui donne du plaisir et de la volupté.

Selon que mon désir dirige mon caprice,

Mon vit, vrai papillon, choisit une matrice

Ou, d'un cul ferme et blanc sondant la profondeur,

Se donne d'enculer le luxe et la douceur.

Un con, comme le tien, est-il charmant et rose?

Avec joie et bonheur sur ses lèvres je pose

Les miennes, puis le suce et resuce, et je bois

Le foutre qui bientôt vient baigner ses parois...

Rien ne peut m'arrêter lorsque je suis en veine ! .

Dans le cul quelquefois ma langue se promène,

Et s'il ne me suffit pas de gabahoter,

Je greluchonne alors aussi, sans hésiter,
Et par toi-même, enfin, étendu sur ta couche,
Je me suis bien souvent fait chier dans la bouche...
Mais je ne prétends pas à la même putain
Pour l'existence entière enchaîner mon engin :
J'aime à changer de con ! Toi-même, ce me semble,
Si mon vit t'a foutue, et si souvent, ensemble,
Nous avons parcouru la route du plaisir,
Avec plus d'un miché je t'entendis jouir !...
Que de fois je t'ai vue, au milieu d'une orgie,
Toute nue, animée, èt la motte rougie,
Par tous les conviés qui te faisaient la cour
Te laissant peloter, les branler tour à tour...
Nul regret en tes yeux ne venait apparaître :
Tu riais, tu chantais, et tu paraissais être,
S'il ne t'arrivait pas de piquer ton renard,
Heureuse comme un dieu, de vivre au lupanar...

PINOLIE.

Pincecul, ce reproche, est-ce à toi de le faire?

Si j'agissais ainsi, n'est-ce pas pour te plaire?

N'est-ce donc pas à toi que toujours je donnais,

Sans rien garder pour moi, l'argent que je gagnais?

Et c'est après m'avoir élargi la matrice,

Après m'avoir donné vingt fois la chaudepisse,

Qu'il ose effrontément me blaguer aujourd'hui,

Et m'avouer enfin que je ne suis pour lui

Qu'un pot de chambre!... Oh ciel! que ma vie est affreuse!

Avec Cruche, autrefois, j'étais bien plus heureuse :

Il ne me baisait pas, parce qu'il est châtré,

Non, mais adroitement, je m'étais procuré

Certain godemichet qui faisait mon affaire...

Mon dieu! jusqu'à seize ans, quand j'étais couturière,

Je me suis seulement branlée avec les doigts!

Alors je te connus... Qu'est-ce que je te dois?

D'avoir quitté pour toi... tout! Cruche et ma famille!

D'être entrée au bordel ! de m'être faite fille !

Tu pensais, me mêlant à toutes ces putains,

Jusqu'au germe étouffer les quelques bons instincts

Qui pouvaient me rester, et, d'après ton idée,

Quand ainsi j'eusse été tout-à-fait dégradée,

Quand j'eusse eu perdu tout, l'espoir et la raison,

Le jour où tu serais fatigué de mon con,

En changer, comme on change une chemise sale

Pour en mettre une blanche, un jour de lupercale !...

Tu t'es trompé, marlou ! tu me le paieras cher !

Ce que je dis n'est pas une parole en l'air...

Écoute, et tu sauras jusqu'où va ma furie !

De baiser avec toi je n'ai plus nulle envie ;

Mais tu m'as fait du mal, et je m'en vengerai !

Dans les enfers, bientôt, grâces à toi, j'irai ;

Mais là, de tous les maux que redoute une pine,

Chancres, crêtes de coq, vérole, cristalline,

Chaudepisse cordée, orchite, morpion,

Je veux faire, en entrant, une collection !

A toutes les putains qui s'y trouvent en masse

Je prendrai quelque chose : à l'une sa conasse

Qui tombe par lambeaux ; à l'autre un clitoris

Dont les vieux bords rongés, dégoûtants et pourris,

Exhalent une odeur affreuse et qui suffoque ;

Puis, revenant sur terre avec cette défroque,

Le jour où ton vil vit foutra quelque putain,

Je le régalerai d'un beau plat de ma main !...

J'ai dit. Adieu, chameau !...

(Elle sort en foudroyant Pincecul de son mépris.)

PINCECUL.

(Avec ironie.)

Bonsoir, vieille rouchie !

Va donc chez Lucifer, si telle est ton envie...

Un cul mieux que le tien attire mes désirs,

Et je vole au plus tôt à de nouveaux plaisirs !

SCENE TROISIEME.

PINCECUL, puis UN MARCHAND DE CAPOTES.

LE MARCHAND.

(*A voix basse.*)

Des capotes, monsieur! Voulez-vous des capotes?...

PINCECUL.

Des capotes, à moi! Dis donc, vieux, tu radotes
Ou ne me connais pas!...

LE MARCHAND.

        A cet air rodomont,
A ce chapeau placé crânement sur le front,
Surtout à ce paquet aux dimensions fortes
Qu'on voit dans ta culotte et qu'à gauche tu portes,

Tu ne peux pas longtemps me rester inconnu :
J'ai l'honneur de parler au fameux Pincecul!...

PINCECUL.

Puisque tu sais cela, sache encor que ma verge
De pareils instruments est parfaitement vierge ;
Que je puis m'en passer ; que c'est toujours à nu,
Par toutes les putains, que mon vit fut connu !
(*Il fait un geste de refus méprisant ; mais bientôt, se ravisant :*)
Pourtant, ça peut servir... En as-tu de bien grandes ?

LE MARCHAND.

Oui... Quelle est ta longueur au juste, quand tu bandes ?

PINCECUL.

Sept pouces, tête franche !...

LE MARCHAND.

(*Choisissant parmi les capotes et lui en présentant quelques-unes d'une taille extraordinaire :*)

En voilà justement
Qui t'iront, j'en suis sûr, Pincecul, comme un gant.

PINCECUL.

Si je les essayais?...

LE MARCHAND.

Ce n'est pas nécessaire :
Ces rubans, j'en réponds, feront bien ton affaire.

PINCECUL.

J'en prends trois...

LE MARCHAND.

C'est bien peu ..

PINCECUL.

Cela me suffira.

LE MARCHAND.

(A part.)

Pour t'en être servi, canaille, il t'en cuira !

SCÈNE QUATRIÈME.

LES MÊMES, CRUCHE.

PINCECUL.

(*Montrant Cruche.*)

Ce que tu vends, pour lui serait chose inutile :
Il est châtré... Bonsoir ! je vais chez la Delille.

(*Pincecul sort en faisant une pirouette.*)

SCENE CINQUIEME.

LE MARCHAND, CRUCHE.

LE MARCHAND.

Non, tu n'es pas châtré! Je connais tes projets,
Car le hasard m'a fait découvrir tes secrets.
Le vit qui se soulève au fond de ta culotte
Aura bientôt besoin de plus d'une capote,
Et sans crainte tu peux m'acheter ces rubans .
Ils deviendront pour toi, Cruche, des talismans.

(Cruche achète douze douzaines de capotes.)

ACTE QUATRIEME.

Même décoration qu'au premier acte.

SCÈNE PREMIÈRE.

SERREFESSE, LA NOURRICE, LA MAURICAUDE.

LA NOURRICE.

(*A la Mauricaude.*)

Tricotez vos bas bleus, et tâchez, Mauricaude,
Si cela se pouvait, d'être un peu moins grimaude.

SERREFESSE.

Le vidangeur, la nuit, hélas! a froid souvent,
Et, pour le garantir de la pluie et du vent,
Il lui faut la chaleur d'un gilet de flanelle.
Ainsi donc, travaillez, et je promets à celle
Qui fera le plus vite et qui fera le mieux
Un beau godemichet qui vient de mes aïeux!

LA NOURRICE.

Instrument très-utile, et dont j'ai fait l'épreuve,
Quand on veut rester sage; hélas! et qu'on est veuve...

SERREFESSE.
(*Rêveuse.*)

J'ai l'esprit tout troublé, je ne sais pas pourquoi...
Je n'ai plus goût à rien... J'aurais là, devant moi,
Prête à foutre et bandant, la pine la plus belle
Qu'ait jamais à seize ans rêvée une pucelle,

Sans sentir plus ému mon con mollasse et froid
Que si je me branlais moi-même avec le doigt !...
L'état de Couillardin me tourmente et m'embête...

LA NOURRICE.

D'où vous vient, mon enfant, une crainte aussi bête ?
Couillardin, comme chef, ne court aucun danger...
Dans la merde jamais il ne doit patauger...

SERREFESSE.

Ah ! cet espoir est bon lorsque le chef couillonne...
Mais mon Couillardin fait sa besogne en personne...
Dans les commodités il descend le premier,
Et l'ouvrage fini, remonte le dernier...
Il met son nez partout, au fond de la latrine
Où l'étron livardeux marine dans l'urine,
Et sans cesse je crains que mon cher Couillardin

Ne soit là, quelque nuit, asphyxié soudain...
Des présages affreux, au reste, m'épouvantent !

LA NOURRICE.

Faites m'en confidence et je verrai s'ils mentent.

SERREFESSE,

Sans cesse, nuit et jour, ça me démange au con...

LA NOURRICE.

Ça prouve qu'il y flâne au moins un morpion.

SERREFESSE.

Hier j'ai vu deux chiens s'enculer dans la rue...

LA NOURRICE.

L'une de nous ici sera bientôt foutue...
Peut-être moi !...

SERREFESSE.

Je crois qu'on te ferait plaisir,
Car depuis bien longtemps tu n'as pas dû jouir.
J'ai, ce matin encor, rencontré deux licornes,
Plus un colimaçon qui me montrait les cornes...

LA NOURRICE.

C'est signe que quelqu'un en aura sur le front.
Ça n'a rien d'effrayant : tout les hommes en ont !

SERREFESSE.

Excepté Couillardin...

LA NOURRICE.

Sans doute la menace

Le regarde...

SERREFESSE.

Oh ! non pas ; non ! ma chaste conasse
Ne recevra jamais d'autre vit que le sien.

LA NOURRICE.

Mon enfant, il ne faut, hélas ! jurer de rien...

SERREFESSE.

Puis, j'ai fait, cette nuit, un rêve épouvantable
Qui m'effrayerait bien s'il était véritable !

LA NOURRICE.

Les rêves ne sont point ce qu'un vain peuple croit :
Ils ont un sens célé, mais il faut être adroit

Pour découvrir le vrai caché dans leurs mensonges,
Et, comme j'ai toujours sur moi la *Clef des songes*,
Racontez-moi le vôtre, et je l'expliquerai.
Cela ne sera pas, d'ailleurs, mon coup d'essai,
Car je suis tellement experte en la matière,
Que plus d'un a souvent cru que j'étais sorcière...

SERREFESSE.

J'ai rêvé que j'étais au fond d'un lupanar....
C'était comme un immense et splendide bazar
Dans lequel enculeurs, enculés, maquerelle,
Maquereaux et putains, tout grouillait pêle-mêle...
Dans ce tohu-bohu, l'un se faisait branler ;
Un autre, près de lui, qui venait d'enculer,
Retirait de l'anus une pine puante
Et de merde et de foutre encor toute gluante ;
Un vieux, qu'il me semblait avoir vu quelque part,
Se faisait gravement sucer le braquemard ;

Un autre, en sens inverse ayant compris la chose,
Gamahuchait le con le plus frais, le plus rose
Qui soit jamais sorti des mains du créateur;
La putain est bientôt au comble du bonheur :
De son con fromageux la semence ruisselle.
Celui-ci fout en cul, et cet autre en aisselle...
Un troisième en tétons... Pour tout dire, ils étaient
Tous qui greluchonnaient, foutaient, gabahotaient...
C'était beau!... délirant!... Moi-même, à cette vue,
Je bandais, mais si fort, sur ma couche étendue,
Que j'en fis une fausse!... Alors, en un moment,
Le bordel disparut... Je ne sais pas comment
Je me retrouvai seule, en un beau lit couchée,
Et comme sur le point d'être gamahuchée...
Mes cuisses, malgré moi, savamment s'écartaient ;
De mon con entr'ouvert les lèvres tremblottaient...
Cet état me plaisait, j'en fais l'aveu, nourrice...
Tout machinalement je frottais ma matrice
Et m'amusais assez... Tout à coup, un gros vit,

Qui de la cheminée au même instant sortit,

S'avança près de moi, roulant sur ses roupettes,

Avec un grand fracas, comme sur des roulettes :

Il fit avec lenteur tout le tour du salon ;

Il avait bien au moins onze pouces de long,

Et sans doute arrivait de quelque horrible bouge ;

Sa tête obélisquale était luisante et rouge

Et semblait me narguer épouvantablement...

Il vint effrontément et verticalement...

De sa fente coulait un verdâtre liquide...

Il entoura ma jambe... A cette étreinte humide,

Je sentis tous mes poils affreusement dressés ;

J'invoquai tous les saints, présents, futurs, passés ;

Mais le monstre, avec joie inspectant ma nature,

Qu'il regardait déjà comme étant sa pâture,

Semblait chercher comment et de quelle façon

J'allais être foutue : en cul, con, ou téton.

C'est le cul qu'il choisit... Il me mit sur le ventre...

Il me semble à présent sentir encor qu'il entre...

Ayant mon pucelage alors de ce côté,

Il eut beaucoup de peine et de difficulté.

De douleur et d'effroi mes chairs étaient livides,

Car tu sais que toujours j'eus des hémorroïdes...

Et sa crampe tirée, en bougre convaincu,

Il s'enfuit, me laissant une capote au cul...

De ce cul écorché les gouttes ruisselantes,

O prodige ! en coulant toutes sanguinolentes,

Créaient de maquereaux de nombreux bataillons,

Plus serrés, plus pressés qu'on ne voit les morpions

Sur un vieux con pourri qui suinte et qui saigne ;

Et tous ces maquereaux arboraient pour enseigne

Une pine d'airain avec des couilles d'or

Qui menaçaient le sud, l'ouest, l'est et le nord !

Je t'ai tout raconté : pourrais-tu donc m'instruire

De ce que tout cela pour moi doit vouloir dire ?

LA NOURRICE.

Ma *Clef* te le dira : je vais la consulter.

La Mauricaude va, pendant ce temps, chanter.

(*A la Mauricaude.*)

Tâche que ta chanson soit leste et polissonne :

Ça fait toujours plaisir et n'offense personne.

LA MAURICAUDE.

(*Après avoir pris un chapeau chinois accroché au mur.*)

Air du Juif errant.

Est-il, je le demande,

Rien de plus séduisant

Qu'une pine qui bande

Et vous fout doucement?

Foutons, vingt dieux, foutons ! (*bis.*)

Le con s'ouvre et se ferme;

On tortille du rein ;

On jouit, et le sperme

Inonde le vagin !

Foutons, vingt dieux, foutons ! (*bis.*)

Mais malin est Priape :
Plus d'un vit gros et vain
Sans s'en douter attrape
Chancre, orchite, poulain !
Foutons, vingt dieux, foutons ! (*bis.*)

La vérole le mine,
Et bien des maquereaux
Souvent ont vu leur pine
S'en aller en lambeaux !
Foutons, vingt dieux, foutons ! (*bis.*)

LA NOURRICE.

Malheureuse ! ton chant tourne au *De profundis !*

LA MAURICAUDE.

Hélas ! je ne sais plus du tout ce que je dis ;
Ma langue s'épaissit, mon pouls bat la breloque
Et danse une chahut dont ma pudeur se choque...

SERREFESSE.

Mon doux Jésus ! comment cela va-t-il finir,
Et quel affreux malheur menace l'avenir?...
Mais, si je ne me trompe, à la porte l'on sonne :
Vas ouvrir, Mauricaude, et vois quelle personne
Peut venir à cette heure...

(La Mauricaude sort, puis revient, introduisant Pinceeul.)

SCENE DEUXIEME.

LES MEMES, PINCECUL.

SERREFESSE.

Ah ! c'est vous, Pincecul ?

PINCECUL.

Il est tard, j'en conviens ; très-tard, mais je n'ai pu
Choisir pour ma visite une heure moins tardive,
Car, envoyé vers vous par Couillardin, j'arrive
Pour vous dire qu'il est...

SERREFESSE.
(*L'interrompant.*)

Vous m'effrayez... Ses jours
Seraient-ils en danger ? Parlez vite, et je cours...

PINCECUL.

Calmez-vous... Toutefois, nul ne devant entendre
Ce qu'en deux mots je suis chargé de vous apprendre,
Éloignez tout le monde...

(Serrefesse fait un signe à la nourrice et à la Mauricaude qui sortent.)

SCENE TROISIEME.

SERREFESSE, PINCECUL.

PINCECUL.

(Avec une passion qui va croissante, et que trahissent éloquemment ses regards libertins et ses gestes polissons.)

Heureux est Couillardin !
Que de grâces au ciel doit rendre son engin !...
Le matin, quand il rentre après une vidange,
Il vous trouve au logis, ainsi que son bon ange ;
Votre main doucement chatouille ses roustons,
Tandis qu'il vous pelote et vous prend les tétons ;
Il baise, ou votre bouche attisant son prépuce,
Boit le foutre qui sort du chibre qu'elle suce !...
Oh ! si ce bonheur-là m'avait été donné,
Si mon nœud eût été le membre fortuné

Qui vous fout, mon destin eût été magnifique !
Renonçant pour toujours à la fille publique,
Vous seule auriez eu part aux faveurs de mon vit !
Couché sur votre sein, j'emploierais chaque nuit
A m'enivrer du jus de tant de jouissances,
Au lieu de la passer dans les fosses d'aisances !...

SERREFESSE.

Le vidangeur doit être aux lieux où son état
L'appelle, Pincecul, ainsi que le soldat.
Ne m'avez-vous pas dit avoir une nouvelle
A m'apprendre ?...

PINCECUL.

Eh bien ! non ! C'était une ficelle,
Une frime, une blague, une couleur enfin !
Je ne sais pas du tout ce que fait Couillardin !
C'est pour toi que je viens ! Ma pine, Serrefesse,
Va te prouver bientôt jusqu'où va ma tendresse !...

SERREFESSE.

Nom d'un petit bonhomme!...

PINCECUL.

Écoute jusqu'au bout,
Car je veux décharger... mon cœur,.. et dire tout...
Et c'est du propre, va!... Depuis que je t'ai vue,
Une chaleur nerveuse, une ardeur inconnue,
Ont, dans mes sens épris, mis tout en mouvement :
C'est du feu, du salpêtre, et tout le tremblement!
J'aurais mangé, je crois, des mouches cantharides,
Et mêlé constamment du poivre à mes liquides,
Que mon vit aujourd'hui ne banderait pas plus
Raide et ferme au-dessus de mes couillons velus!...
Le portrait ravissant, l'image enchanteresse
Qu'en tout temps je me fais de ton con, de ta fesse,
De ta motte, des poils, blonds ou noirs, mais soyeux
Qui viennent mollement frisotter autour d'eux,

A mon organe cause une telle secousse,

Que j'ai beau tous les jours me côller une douce,

Dans mes rêves ton con m'agace et me poursuit,

Et me fait dans mes draps décharger chaque nuit...

Cette agitation me fatigue et me pèse :

Aussi, sans plus tarder, faut-il que je te baise !

(Premier mouvement de Serrefesse.)

Aujourd'hui, pour cela, tu quittes Couillardin,

Tu choisis un bordel, et tu te fais putain...

(Second mouvement de Serrefesse.)

Ton Couillardin a-t-il à ce point su te plaire ?

Mais tu ne l'aimes pas !... Avec moi tu veux faire

Ta merde, voilà tout ; car ce jeanfoutre-là

N'a rien en lui pour être adoré comme ça...

Et d'ailleurs, nom d'un chien ! on n'aime pas un homme

Dont le vit est, pour sûr, le plus petit de Rome ;

Dont la personne exhale une fétide odeur

Qui porte sur les nerfs et soulève le cœur ;

Qui n'a pas pour deux liards de foutre dans la veine,

Et tire à peine un coup, un seul coup, par semaine...
Pourtant je changerais mon elbeuf élégant
Contre son bourgeron si sale et si puant,
Et mon soulier ciré contre sa grosse botte,
Pour être, comme lui, possesseur de ta motte !
Ainsi, c'est convenu : tu le lâches d'un cran,
Et tu viens avec moi souper au tapis-franc.
Cela te chausse-t-il ?...

SERREFESSE.
(*Avec dignité.*)

Devant monsieur le maire
J'ai solennellement promis de ne pas faire
De traits à mon époux, et toujours je serai
Fidèle, Pincecul, à ce que j'ai juré !...
Si je vous ai laissé jaspiner à votre aise,
C'est qu'il me répugnait, hélas ! tant je suis niaise,
De croire que l'on pût loger dans son cerveau,
Même lorsque l'on est commé vous maquereau,

Le projet odieux, sans craindre qu'on le nargue,
De venir chez quelqu'un pour lui baiser sa largue...
Vous vous trompez : j'estime et j'aime Couillardin;
Et l'aimerai toujours, malgré votre dédain.
Il est plus grand que vous!...

PINCECUL.

Au plus d'un centimètre;
Encore cela vient de ce qu'il a fait mettre
A sa botte un talon ridiculement haut.
Avant de te quitter, voyons, ton dernier mot
Est-il de refuser l'offre que je t'ai faite?...

SERREFESSE.

Pincecul, je refuse et net comme torchette.
Ainsi donc, maintenant, tu peux vider les lieux.

PINCECUL.
(Avec ironie.)

C'est bon pour Couillardin : il s'en acquitte au mieux.

9

SERREFESSE.

(*Avec dédain.*)

Le calembourg est faible...

PINCECUL.

(*A part, en se retirant :*)

              Ah ! puisque par la porte
Il faut, bien malgré moi, que maintenant je sorte,
Je reviendrai ce soir par un autre chemin :
Serrefesse sera baisée avant demain !

ACTE CINQUIEME.

Même décoration qu'au quatrième acte.

SCENE PREMIERE.

VEROLIN, COUILLARDIN, CRUCHE, VAFAIRE.

(Ils sont tous les quatre à la porte de la chambre et font assaut de courtoisie.)

CRUCHE.

(A Vérolin qui l'invite du geste à entrer.)

Après vous!...

VEROLIN.

(*A Couillardin ; même jeu.*)

Après vous !...

COUILLARDIN.

(*A Vafaire ; même jeu.*)

Après vous !...

VAFAIRE.

(*Aux trois autres ; même jeu.*)

Après vous !...

(*Ils entrent tous les quatre à la fois et se cognent réciproquement le nez.*)

VEROLIN.

Messieurs, quelqu'un sait-il ce que l'on veut de nous,
Et pourquoi Serrefesse en ces lieux nous appelle ?

COUILLARDIN.

Je n'en sais rien du tout...

CRUCHE.

Ni moi...

VAFAIRE.

Ni moi...

VEROLIN.

C'est elle

Qui s'avance : elle va nous le dire.

SCENE DEUXIEME.

LES MEMES, SERREFESSE.
(Elle est enveloppée dans un drap de lit.)

COUILLARDIN.

Pourquoi
Ce drap disgracieux que tu portes sur toi,
Serrefesse? Tu n'as même pas de chemise !
Un autre vêtement eût été plus de mise...

SERREFESSE.
(D'une voix sombre.)

Couillardin, avec moi je porte mon linceul !
Je suivrai mon honneur maintenant au cercueil !
De tout ce que tu vois, Pincecul est la cause...
Je vais plus clairement te raconter la chose.

COUILLARDIN.

Possible, mais ce drap me chiffonne...

SERREFESSE.

Minuit

Achevait de sonner au cadran de la nuit.
Comme il faisait très-chaud, je m'étais étendue
Sur ma couche déserte, à l'aise, toute nue,
Et je sentais alors, avec un doux plaisir,
Dans les poils de mon con se jouer le zéphir.
J'avais, hélas ! laissé la fenêtre entr'ouverte :
Ce fut là, Couillardin, ce qui causa ma perte !
J'entendis tout à coup un grand bruit au dehors ;
Un frisson effrayant me parcourut le corps
Quand je vis au balcon qui borde ma fenêtre,
Ainsi qu'un loup-garou Pincecul apparaître...
Dès qu'il fut dans ma chambre, il ôta son habit
Qu'il jeta lestement sur le pied de mon lit,

Puis son gilet à fleurs, et bientôt, sa culotte
Qui ne le gênait plus retomba sur sa botte
Vernie, en laissant voir un vit raide et mutin
Deux fois plus fort au moins que le tien, Couillardin !
Ses roupettes étaient grosses et rebondies,
Et de poils longs et noirs abondamment fournies...
J'étais sans mouvement... Aussitôt, Pincecul,
A l'endroit de mon con portant son vit tout nu :
« Il n'est plus temps, dit-il, de faire la bégueule,
Serrefesse ! je bande, et vous êtes bien seule...
Si vous ne voulez pas vous laisser enfiler,
Par mon chien aussitôt je vous fais enculer,
Et, lorsque vous serez tous deux collés, j'appelle
Du lupanar voisin putains et maquerelle
Et je vous livre dans cette position
A leurs ricanements et leur dérision !... »
Et, tout en me parlant, d'une main libertine
Il frottait contre moi la tête de sa pine.
Et cependant, malgré tous ces attouchements,

Malgré son vit superbe et ses propos charmants,
Je résistais encor... Le gueux me prit de force !
De son bras musculeux il entoura mon torse.
Ce fut lutte.. et viol...

CRUCHE.

Deux jolis instruments !

SERREFESSE.

Oses-tu plaisanter dans de pareils moments,
Et faire un calembourg lorsque je vous raconte
Ce qui fait à jamais ma douleur et ma honte !...
Pour finir, Pincecul ne connaît plus de frein,
Et trois fois, coup sur coup, fait pleuvoir dans mon sein
De son robuste vit l'abondante rosée...
J'étais, j'en fais l'aveu, haletante, épuisée,
Mais je n'ai pas joui !... Pincecul, triomphant,
Rallume son cigare ou sa pipe, et, chantant

10

Tout l'air du carillon de Dunkerque, le traître
Comme il était venu s'en fut par la fenêtre !...

CRUCHE.

L'air dont vous parlez là ne m'est pas inconnu...
(*Après avoir cherché, il chante :*)

Cocu, cocu, mon père ;
C'est la faute à ma mère...
Si mon père est cocu
C'est qu'ma mèr'l'a voulu.

COUILLARDIN.

Je ne sais que trop bien que je le suis, cocu,
Pour le chanter encore ainsi, d'une voix fausse !...

CRUCHE.

Ne crois pas, Couillardin, que de toi je me gausse.
Je soutiens, et je vais le prouver, qu'en ce jour

Tu n'es pas cocu... C'est simple comme bonjour :
Qu'appelle-t-on cocu? l'homme de qui la femme
Livre non seulement le corps mais aussi l'âme,
Partage le plaisir d'un amant chaleureux,
Le couvre avec bonheur de baisers amoureux,
Fait l'étroite pour lui, même quand elle est large,
Et, manœuvrant du cul, jouit quand il décharge.
Tout cela, cette nuit, existait-il? Mais non.
Le vit de Pincecul fut reçu dans son con,
Mais il n'a pénétré que par la violence :
Serrefesse n'a pas senti de jouissance.
J'en conviens, pauvre ami, sans doute, ta maison,
Si j'ose hasarder cette comparaison
En parlant de son cul, reçut quelque souillure,
Mais celle qui l'habite est toujours chaste et pure.
Des coups de Pincecul, quelques coups de bidet
Enlèveront bientôt et la trace et l'effet...
Relève, Couillardin, ta figure morose,
Car de cette manière en expliquant la chose,

Si tu fus, cette nuit, cocu physiquement,
Pour sûr tu ne l'es pas du moins moralement...

COUILLARDIN.

C'est juste, et cependant l'avenir m'inquiète !
De Pincecul, hélas ! l'exécrable broquette
Peut-être n'était pas...

SERREFESSE.

            Ne crains rien, Couillardin,
Et vois sans nul souci le sort de mon vagin ;
Car Pincecul, avant de consommer son crime,
Avant de poignarder sa tremblante victime,
Employa ce moyen vraiment ingénieux
Que ne connaissaient pas nos candides aïeux...

COUILLARDIN.

Il mit une capote ?... Ah ! jé l'en remercie !

Ce trait est tout-à-fait de bonne compagnie,
Et je vais...

SERREFESSE.

(*L'interrompant.*)

C'est beaucoup, et pourtant ce n'est rien,
Car, en tirant son coup, il me fit sur le sein
Ce suçon... et laissa dans ma motte échauffée
Ces capotes, hélas! en odieux trophée,
Tout humides encore et portant dans leur flanc
Ce qu'il y répandit de son foutre insolent !

(*Elle jette les trois capotes sur le poële.*)

Je vous ai dit l'affront qu'on fit à ma matrice :
Je m'absous du forfait, mais non pas du supplice ;
Et si j'ai dû la vie aux vits de mes papas,
Au nœud de Pincecul je devrai mon trépas...

COUILLARDIN.

As-tu fini?... Pourquoi ce discours mortuaire?...

Je ne suis pas cocu, tu n'es pas adultère :
Cruche nous l'a prouvé parfaitement; d'ailleurs,
Du vit de Pincecul si viennent tes malheurs,
Bien qu'en toi sa limace ait été dégorgée,
Pour toi je bande encore... et tu seras vengée !...

VEROLIN.

Ouvre ton drap, ma fille, et va laver ton cul :
Lorsque ce sera fait, il n'y paraîtra plus.

SERREFESSE.

Non pas, car mon exemple un jour ferait doctrine.
J'ai dit que je n'avais pas peur de la carline,
Et le prouve...

(*Elle se tire un coup de pistolet.*)

TOUS.

Grands dieux !...

CRUCHE.

*(S'emparant d'une des trois capotes qui ont servi à Pincecul
et que Serrefesse a déposées sur le poële.)*

          Par ce puant objet,
Encor tout emprégné de gouttes du forfait,
Je jure, ô Pincecul! de venger cette femme!
Je prendrai dans mes mains ton vit, ton vit infâme!
Ça me dégoûtera, mais je les laverai;
Je te chaponnerai, puis je t'arracherai
Les couilles, rasibus! Je ferai de la droite
Une blague à tabac qui sera trop étroite;
N'importe! Je mettrai l'autre en mille morceaux,
Et je la donnerai pour proie aux vermisseaux!
Quant à vous, relevez vos faces interdites
Au lieu de pleurnicher, et tous comme moi dites!

COUILLARDIN.

(Saisissant la seconde capote.)

Pour moi, je pense ainsi que le préopinant.

VAFAIRE.

(Saisissant la troisième capote.)

Je n'en dirai pas plus, mais j'en dis tout autant.

VEROLIN.

(Leur prenant les trois capotes.)

Enfants, écoutez-moi. Bien qu'en mes vieilles bourses
Du foutre qui filtrait l'âge ait tari les sources,
Ne dédaignez pas trop mes mollasses couillons.
Je n'ai plus le vit dur, mais j'ai des morpions !
Ils eurent pour aïeul celui d'Iphigénie !
J'en veux chez Pincecul faire une colonie !
Si mon vit ne peut plus, du moins encor ma voix
De sa colère peut décharger... tout le poids...
Pincecul ! sur ton vit j'appelle, pour supplice,
Tous les maux qu'après soi traîne la chaudepisse !
Que tu ne puisses plus baiser une putain
Sans attraper un chancre, une orchite, un poulain !

Que le mal de Vénus te tombe dans les couilles !
Qu'il les métamorphose en deux grosses citrouilles !
Et qu'il finisse enfin par ne plus te laisser
Que juste ce qu'il faut de pine pour pisser !

CRUCHE.

Mettons nos gants, messieurs, car c'est plus convenable
Pour lui fermer les yeux ; puis, comme il est probable
Que si nous l'appelons elle ne dira rien,
Mieux vaut ne pas user d'un si petit moyen :
Que l'un de nous, plutôt, aille chercher bien vite
Un cierge, un goupillon et pas mal d'eau bénite !

(*Vafaire sort à cet effet.*)

UNE PUTAIN.
(*Accourant.*)

Cruche ! de Pinolie apprends le sort fatal :
Elle s'est tuée hier avec ton vieux bancal !

11

CRUCHE.

Elle a bien fait... Ainsi le destin fut semblable
Pour la femme innocente et la putain coupable,
Et le trépas des deux au même vit est dû,
L'une pour l'avoir eu, l'autre l'avoir perdu !...

(*A la putain :*)

Toi, prends soin que son corps soit mis dans une bière,
Et fais porter le tout, ce soir, au cimetière.

SCENE TROISIEME.

LES MEMES, VAFAIRE, UN PRETRE, CROQUEMORTS,
PUTAINS.

CRUCHE.

(Aux assistants.)

Agenouillez-vous donc tous auprès de ce corps,
Et répétez tout bas la prière des morts.

(Il se lève seul ; les autres prient, agenouillés.)

L'heure de la vengeance est à la fin sonnée,
Et ma culotte doit être déboutonnée!...

*(Il se déboutonne et met à l'air son braquemard, qui s'allonge
et devient flamboyant comme le coupe-choux de l'archange
saint Michel. En ce moment, on entend un grand tumulte au
dehors.)*

VAFAIRE.

Ah ! ce sont les putains ! Cruche, faut-il ouvrir ?

CRUCHE.

Ouvre, je ne crains rien : elles peuvent venir !

(Cruche, toujours sa pine à l'air, fait signe que oui ; Vafaire ouvre. Les putains arrivent en foule. Les croquemorts ont placé le corps de Serrefesse sur le devant du théâtre. Un cierge brûle à la tête. A côté du corps est un pot d'eau bénite avec un goupillon.)

LES PUTAINS.

(A qui l'énorme pine de Cruche crève les yeux.)

Miracle ! Cruche bande !... Oh ! que sa pine est belle !...

VAFAIRE.

Maintenant choisissez entre la sienne et celle
De Pincecul...

CRUCHE.

Jamais Cruche ne fut châtré !
Bientôt, en vous baisant, je vous le prouverai !

Pour me venger c'était un plan !... Selon le rite,

Avant tout, sur ce corps jetez de l'eau bénite...

(Les putains prennent toutes l'une après l'autre le goupillon et
aspergent Serrefesse.)

Voyez de Pincecul ce qu'a causé le vit !

Il avait dans ces lieux pénétré cette nuit...

Serrefesse alors fut surprise et violée,

Et, dans la crainte d'être à jamais vérolée,

Malgré qu'il l'ait baisée en capote, à nos yeux

Elle vient de se tuer... Que ce crime odieux

Soit vengé par vos mains comme il demande à l'être !

Mais qui, pour maquereau, voulez-vous reconnaître ?

LES PUTAINS.

(Avec un ensemble provoqué par la vue du membre de Cruche, toujours
en l'air.)

Cruche !... A bas Pincecul !...

SCENE QUATRIEME.

LES MEMES, PINCECUL.

(Il fume un cigare.)

PINCECUL.

Que veut dire ce bruit ?

CRUCHE.

(Ordonnant.)

Qu'on venge Serrefesse, en lui châtrant le vit !

(Les putains se précipitent sur Pincecul, le déboutonnent et le châtrent.)

Apothéose de vits et de cons. Des jeunes vierges, enculées par des satyres,
et des jeunes filles, en costume de pensionnaires, suçant la quéquette à
des collégiens, forment le tableau du fond.

Le rideau tombe, pendant que tous les spectateurs se branlent et déchar-
gent dans les poches de leurs voisines.

FIN.

164